AF355731

Vente du Samedi 14 Février 1863

OBJETS D'ART

DE CURIOSITÉ & D'AMEUBLEMENT

LUSTRE A 30 LUMIÈRES

Garni de cristaux de roche

BEAUX BUSTES EN MARBRE BLANC

M. Ch. PILLET, Commissaire-Priseur

MM. MANNHEIM, Experts

CATALOGUE

D'UNE TRÈS-JOLIE RÉUNION

D'OBJETS D'ART

DE CURIOSITÉ & D'AMEUBLEMENT

Lustre à trente lumières, en bronze doré
garni de cristaux de roche;
Bijoux anciens en or émaillé et Pierres fines;

Montres anciennes; Tabatières et Bonbonnières; Faïences françaises et italiennes;

Meubles et Bronzes italiens;
Armes anciennes; Table en laque, garnie de bronzes du temps de Louis XV.
Grands et beaux Bustes en marbre blanc sculpté;

Porcelaines anciennes de Sèvres, de Saxe et de Chine;
Grandes Pendules, Flambeaux, etc., en bronze doré, des époques Louis XV et Louis XVI;
Paravent Louis XIV; Belles Tapisseries anciennes;

Objets variés

DONT LA VENTE AURA LIEU

HOTEL DROUOT, SALLE N° 5

Le Samedi 14 Février 1863

A UNE HEURE ET DEMIE

Par le ministère de Me **CHARLES PILLET**, Commissaire-Priseur,
rue de Choiseul, 11,

Assisté de MM. **MANNHEIM**, Experts, rue de la Paix, 10

Chez lesquels se distribue le présent Catalogue.

EXPOSITION PUBLIQUE

Le Vendredi 13 Février 1863, de une heure à cinq heures.

CONDITIONS DE LA VENTE

Elle sera faite au comptant.

Les adjudicataires payeront *cinq pour cent* en sus des enchères, applicables aux frais.

Paris. — Imp. PILLET fils aîné, rue des Grands-Augustins, 5.

DÉSIGNATION

DES OBJETS

1 — Grand et beau lustre à 30 lumières, en bronze doré, du
temps de Louis XVI; branches à rinceaux, entre-
deux à têtes de béliers, et pavillon rattaché au lustre
par cinq chaînes de suspension, retenues par des
têtes d'aigles.

Ce lustre est richement garni de cristaux de roche:
grandes plaques, plaquettes, pièces d'enfilage, pyra-
mide, etc., et se termine à sa partie inférieure par
une belle sphère de même matière.

2 — Autre joli lustre, modèle Louis XIII, à consoles et à
4 lumières, en bronze doré, richement garni de cristaux de roche.

3 — Deux grands et beaux bustes en marbre blanc sculpté,
grandeur plus que nature : Nymphe et Satyre. Ils

sont accompagnés de leurs gaînes en marbre blanc à moulures.

4 — Grande et belle pendule en bronze doré, du temps de Louis XV, modèle rocaille à guirlandes de fleurs ; elle est ornée à sa partie supérieure d'une figurine d'enfant en costume à la Watteau. Cette pièce repose sur un socle de suspension de même style, enrichi d'une figure d'enfant. Mouvement d'Étienne Lenoir, à Paris.

5 — Joli cabinet italien en ébène et marqueterie d'ivoire gravé ; la porte, à abattant, est ornée de deux grands médaillons à figures. L'intérieur du meuble, à tiroirs, est enrichi de quatre demi-colonnes en ivoire gravé et de cariatides et figurines en ivoire sculpté. Larg. 85 cent. ; haut. 62 cent.

6 — Belle table en ancien laque du Japon, fond aventuriné, à kiosques, paysages, etc., en or ; elle repose sur quatre pieds de biche, et elle est garnie d'ornements en bronze ciselé et doré du temps de Louis XV. Pièce rare. Long. 92 cent. ; larg. 58 cent.

7 — Grande et très-belle tapisserie, à sujet mythologique, composé de plusieurs figures dans un paysage ; bordure très-riche à figurines, draperies, corbeilles de fleurs et rinceaux.

8 — Grande tapisserie ; au premier plan, des paysans, dans

le style d'Ostade, dansent au son de la musette et à l'ombre de pruniers et de pêchers ; le fond présente une vue de château et de parc avec pièces d'eau. Bordure à enroulements.

9 — Autre tapisserie dans le même style que celle qui précéde, mais plus petite. Au premier plan, des paysans jouent au tric-trac ; au fond, vue de parc avec pièces d'eau.

10 — Petite table italienne en bois noir et marquet rie d'ivoire, sur pieds tournés.

11 — Autre table italienne de même style.

12 — Jolie trousse de chasse composée d'un couteau à lame gravée, garnie d'un petit pistolet à rouet dont le canon bleui est enrichi d'ornements gravés et dorés, et d'un petit couteau et fourchette ; les trois manches sont en corne sculptée, le fourreau est en cuir garni en acier bleu. Travail du temps de Louis XIII.

13 — Pendule allemande à base profilée, en bronze gravé et doré contenant le mouvement ; le cadran, tournant, est placé dans une sphère à l'extrémité d'un tronc d'arbre ; un négrillon debout indique l'heure. Epoque Louis XIII. Cylindre en verre de Bohême à bouton fleurdelisé.

14 — Groupe en terre cuite, par Marin : Bacchante couchée enfant satyre et Bacchus enfant. Signé et daté 1780.

15 — Grand et beau groupe en bronze : Hercule terrassant le centaure. Travail du seizième siècle.

16 — Deux petits bustes en bronze : Nymphe et Satyre.

17 — Deux médaillons ovales : Bustes d'empereurs romains en marbre blanc sculpté.

18 — Autre bas-relief de forme carrée en marbre blanc sculpté.

19 — Pendule Louis XV en bronze doré, en forme de vase avec groupe et guirlandes de fleurs et figures de Nymphe et Amour. Mouvement de Rothea et Rillet, à Strasbourg.

20 — Grande et belle pendule Louis XVI, en bronze doré au mat et marbre blanc; elle est ornée d'une figurine d'Amour couché, en bronze de patine verte, et d'un coq en bronze doré au mat. Le socle est enrichi de peintures à l'huile d'après Boucher et Fragonard. Mouvement de Lepaute, à Paris.

21 — Petite pendule Louis XV en bronze doré, modèle rocaille. Mouvement de Lacan, à Paris.

22 — Deux jolis flambeaux en bronze doré; modèle à balustre et pieds à canaux creux.

23 — Deux figurines d'enfants en bronze doré provenant d'une pendule.

24 — Deux vases pot-pourris en ancien céladon vert d'eau, à fleurs gravées sous émail et repercées à jour ; monture Louis XIV à trépieds et anses en bronze doré.

25 — Jolie petite table Louis XV à trois tiroirs et tablette d'entre-jambes en marqueterie de bois à fleurs.

26 — Grand et beau bas-relief du temps de Louis XIV : Apollon, sous les traits de Louis XIV, conduisant le char du Soleil.

27 — Petite pendule de bureau à double cadran, en marqueterie de bois et ornements et figurine d'enfant en bronze doré au mat.

28 — Petite statuette de femme debout, en marbre blanc sculpté, représentant la déesse Hygie. Époque Louis XVI.

29 — Paravent du temps de Louis XIV, à six feuilles en tapisserie au petit point à fleurs.

30 — Deux vases en porcelaine de Chine craquelée, à figures en relief décorées en bleu.

31 — Deux fûts de colonnes en bois d'acajou, à moulures.

32 — Joli bijou pendentif ; centaure en or émaillé, casqué et armé du glaive et d'un bouclier ; il est enrichi, ainsi que ses chaînes de suspension, d'émeraudes et de fleurons émaillés.

33 — Autre bijou pendentif ; enfant couronné, tenant d'une main une flèche et de l'autre un bouquet de fleurs ; le corps se termine en queue de poisson et le tout est en or émaillé enrichi de perles fines.

34 — Grand et beau bijou en or émaillé enrichi de pierres et perles fines ; au centre la Sainte Vierge et l'Enfant Jésus ; à droite et à gauche deux anges en prière.

35 — Beau médaillon ovale composé d'enroulements et de fleurs en diamants roses d'Anvers ; au centre se trouvent deux figurines d'enfants enrichies de même de roses.

36 — Médaillon ovale à deux faces en or émaillé gros bleu, enrichi d'émeraudes ; il renferme deux sujets : l'un la Crèche, l'autre l'Assomption de la Vierge.

37 — Tabatière en or ciselé de forme oblongue ; elle contient une musique et un sujet automate en or ciselé sur fond émaillé. Ce sujet représente un magicien qui, du bout de sa baguette, abaisse une branche d'arbre derrière laquelle se trouvent les réponses à des questions posées au moyen de petites tablettes émaillées sur fond blanc. Pièce curieuse.

38 — Joli coffret forme carrée à couvercle bombé, en filigrane d'argent.

39 — Trois boutons de chemise en perles fines.

40 — Petite boîte en forme de malle à couvercle bombé, en
agate orientale rubannée, montée en or ciselé à fleurs
de couleurs.

41 — Montre Louis XV, en or ciselé à fleurs et figures.

42 — Chaîne de montre en or garnie de ses cachet et clef.

43 — Médaillon ovale, portrait de femme en riche costume
du temps de Louis XIV (Mademoiselle de Fontange?)
peint sur émail.

44 — Petite coupe ovale à couvercle en agate rubannée; monture en argent ciselé et doré, à ornements rocaille.

45 — Boîte ronde en ancienne porcelaine d'Allemagne, fond
rouge à décors d'or; le couvercle porte à l'extérieur
le buste de Marie-Thérèse en biscuit, et à l'intérieur une offrande à l'Amour en grisaille. Gorge
en or.

46 — Tabatière ovale, en écaille, à ornements, en posé or;
monture à gorge, à charnière en or.

47 — Tabatière carrée, en nacre de perle, sculptée à figurines
d'Amours et bordures rocaille. Monture à cage en
vermeil.

48 — Petite boîte en jaspe sanguin de forme carrée, enrichie
d'ornements en or repoussé. Epoque Louis XV.

49 — Deux vases de forme ovoïde, en vernis de Martin, à médaillons de figures en camaïeu rose; anses en bronze doré à têtes de dauphins. Epoque Louis XV.

50 — Petit coffret en laque, avec incrustation de nacre: le couvercle est orné d'une mosaïque en relief en nacre et pierres dures.

51 — Poignard à poignée et fourreau en ivoire sculpté; le fourreau représente la Danse des morts, d'après Holbein.

52 — Bonbonnière de forme sphérique, en écaille piquée d'argent.

53 — Montre en or, à boîtier extérieur en or, émaillé à bordure gros bleu, et médaillon grisaille sur fond chocolat.

54 — Boîtier de montre Louis XIII, en cuivre gravé.

55 — Petit coffret en émail de Venise.

56 — Bas-relief en ivoire sculpté; sujet tiré du roman de la Rose.

57 — Médaillon rond en bronze, par Dupré : le duc de Mantoue.

58 — Deux petites bordures en bois noir et riches ornements en bronze doré. Epoque Louis XIII.

59 — Un lot de brut de jaspe sanguin et rouge.

60 — Un lot de plaquettes de jaspe sanguin.

61 — Boîte à ouvrage en forme de pupitre en marqueterie
d'ivoire et ébène.

62 — Joli cabaret en ancienne porcelaine de Sèvres, pâte
tendre, décoré de bandes vertes et de feuillages en
camaïeu rouge avec rehauts d'or. Il se compose de
quatre tasses, du sucrier et de la théière.

63 — Broc en porcelaine de Bavière à ornements en relief et
décor de fleurs; couvercle en argent. Il porte l'ins-
cription : Vive Madame Bernhard. 1764.

64 — Joli petit groupe en ancienne porcelaine de Saxe : le Se-
crétaire galant. Monture en bronze du temps de
Louis XV.

65 — Petite jonque en porcelaine de Chine surmontée d'une
pagode en laque noir et or.

66 — Deux statuettes en ancienne porcelaine de Saxe : Berger
et bergère.

67 — Autre statuette en ancienne porcelaine de Saxe : Bergère.

68 — Pot à crème en ancienne porcelaine de Sèvres, pâte

tendre à œils de perdrix décorés en bleu et médaillons ornés de pensées.

69 — Seau en porcelaine tendre à bouquets de fleurs en bleu et décors d'or.

70 — Deux salières en ancienne porcelaine de Sèvres pâte tendre, vieux décors, à bouquets de fleurs, bordures rouges et rehauts d'or.

71 — Petit vase en ancienne porcelaine de Sèvres pâte tendre, à fleurs en relief et décors de fleurs.

72 — Tasse en ancienne porcelaine de Sèvres fond gros bleu et décors d'or; le médaillon présente le sujet du Renard et du Corbeau.

73 — Autre tasse en ancienne porcelaine de Sèvres, pâte tendre, fond gros bleu, décors d'or et médaillon Amours.

74 — Deux flambeaux en bronze : Chinois debout supportant la bobêche.

75 — Bougeoir à deux lumières en bronze argenté. Époque Louis XIV.

76 — Socle de forme carrée à gorge en bois noir à moulures et marqueterie d'écaille et burgau; ornements en bronze doré.

77 — Un lot de bronzes dorés en partie, provenant de can-
délabres.

78 — Portrait de femme en riche costume du seizième siècle.
Joli tableau sur bois.

79 — Lion assis en faïence, de Bernard Palissy, sur base
ovale émaillée de bleu.

80 — Faïence de Moustiers. Joli plat à ornements, dans le
style de Berrin, en bleu sur blanc.

81 — Faïence d'Urbino. Coupe ronde à piédouche, représentant le sujét de Persée délivrant Andromède.

82 — Même fabrique. Autre plat représentant un sujet à
figures.

83 — Faïence de Castel-Durante. Plat rond et creux, à bordure à trophées, décorés en ocre sur fond bleu. Au
centre, saint Jean voltigeant.

84 — Même fabrique. Coupe ronde à côtes, décorée d'arabesques en couleurs sur fonds de diverses nuances.

85 — Faïence de Faënza. Coupe ronde et profonde décorée
d'arabesques en couleurs sur fond blanc. Au centre,
un Amour guerrier.

86 — Même fabrique. Plat rond décoré d'arabesques sur fond
blanc.

87 — Faïence de la Frata. Plat rond à bandes bleues en lo-
sanges au bord et fleurons; l'ombilic porte le blason
des Médicis.

88 — Petit plat rond en faïence à décors de fleurs en bleu et
vert, dans le style persan.

89 — Deux petites plaques carrées; peintures en grisaille sur
fond noir; imitation d'émaux de Limoges.

90 — Faïence de Moustiers. Jolie fontaine à décors en couleurs, monture à console en bois sculpté.

91 — Très-beau prie-Dieu en bois noir sculpté, enrichi de
sept panneaux en tapisserie au petit point, représentant divers épisodes de la vie de saint Pierre.

92 — Tabernacle de forme monumentale, à colonnes détachées
en bois noir, enrichi de statuettes en bois sculpté, et
la porte ornée d'une peinture sur cuivre : la Crèche.

93 — Écritoire en ancienne porcelaine de Chine, montée en
bois sculpté.

94 — Faïence d'Urbino. Petit plat rond, représentant le sujet
de Loth et ses filles; monture en bois sculpté.

95 — Même fabrique. Autre plat, représentant le sujet de Joseph vendu par ses frères. Monté de même sur un pied en bois sculpté.

96 — Faience de Faënza. Vase à anse et à goulot, décoré d'arabesques en bleu sur fond jaune; monture en étain.

97 — Cassolette en ancienne porcelaine du Japon, montée à anses, têtes de béliers et pieds à consoles en bronze doré.

98 — Bénitier style Louis XIV, en fonte de fer.

99 — On vendra sous ce numéro les objets omis.